Destino Infantil & Juvenil

destinojoven@edestino.es

www.destinojoven.com

© de las ilustraciones: Antonio Mingote, 2005

Destino Infantil & Juvenil es un sello de Editorial Planeta, S. A.

© Editorial Planeta S. A., 2005

Avda. Diagonal, 662-664, 08034 Barcelona

Primera edición: febrero de 2005

ISBN 84-08-05918-1

Depósito legal: B. 9.658-2005

Impreso por Egedsa

Impreso en España - Printed in Spain

MI PRIMER QUIJOTE

Ilustrado por Mingote

Don Quijote, el caballero andante,
a lomos de Rocinante, su delgaducho caballo.

S ancho Panza, su escudero fiel.
Rucio, el querido asno de Sancho.

D ulcinea,
tal como era...

... y como le
habría gustado
a su caballero
andante
que fuera.

En un lugar de La Mancha... es donde empezaron las aventuras del héroe más famoso de todos los tiempos.

Don Quijote era un hombre de buen corazón. Había leído tantos libros de aventuras que, en su imaginación, la vida real era como un cuento. Un cuento fantástico repleto de gigantes y guerreros, de princesas encerradas en altas torres de castillos lejanos a las que tendría que liberar con mucha valentía.

Esa noche, antes de acostarse, decidió que había llegado
el momento de iniciar sus hazañas.

Y al día siguiente se vistió con una vieja armadura de caballero que
sacó del desván.

—A partir de ahora —dijo—, me acompañará un escudero y seré el
más valiente de todos los guerreros.

Emprendieron el viaje en busca de aventuras. El caballero andante le iba explicando al bueno de su escudero, Sancho Panza, que sus heroicas peripecias servirían para impartir paz y justicia en el mundo, proteger a los débiles y luchar contra los malvados.

Pocos días después de haber partido, Don Quijote vio a lo lejos a un grupo de hombretones tan altos como colinas que agitaban sus largos brazotes.

–¡Al ataque! –gritó el caballero–. ¡Lucharemos contra los gigantes!

–Pero señor, ¡si sólo son molinos! –replicó Sancho.

Don Quijote no le hizo caso y arrancó al galope.

El caballero creyó que acertaría de lleno en la barriga del primer gigante, pero en cambio se estampó de narices contra las aspas del molino. Caballo y caballero volaron por los aires y cayeron de culo al suelo.

–Ya se lo había dicho yo, señor –le recriminó Sancho–. ¡Esos brazotes amenazadores que usted veía son sólo las aspas de los molinos movidas por el viento!

Don Quijote y Sancho Panza durmieron en una posada para recuperar las fuerzas. Cuando llegó el momento de marcharse en busca de nuevas aventuras, el caballero andante decidió irse sin pagar, pues la tradición caballeresca decía que los héroes como él no pagaban ni por dormir ni por comer.

Pero los posaderos no entendían de antiguas tradiciones y los tomaron por un par de ladrones.

Y mientras el caballero se refugiaba tras un muro, su pobre escudero fue manteado y vapuleado hasta quedar del todo molido.

–¡Ay! ¡Ay! ¡Que las alturas me marean! –gritaba Sancho arriba y abajo.

Ya repuestos de la última peripecia y retomado el viaje, Don Quijote vio a lo lejos una nube de polvo y pensó que era un ejército de enemigos dispuestos a luchar.

–¡Los ensartaré en mi lanza uno a uno como si fueran olivas! –gritaba el caballero arremetiendo con todas sus fuerzas.

Sancho Panza le gritó:

–¡Don Quijote, deteneos! ¿Qué vais a hacer con esos pobres corderos?

Los pastores, cuando vieron que el caballero atacaba a las ovejas, le lanzaron piedras con ganas hasta dejarlo tendido en el suelo, magullado y dolorido.

–¡Mi señor, menuda puntería tienen esos pastores! ¡En vez de apalearles el rebaño, más nos habría valido pedirles un buen pedazo de queso y una jarra de leche!

Unos días después, durante una mañana de mucha lluvia, Sancho vio a un barbero montado en su burrito que se protegía del agua con la palangana de afeitar.

En cambio, la desbordada imaginación de Don Quijote le hizo ver que el barbero llevaba un casco prodigioso, el famoso Yelmo de Mambrino, que daba poderes maravillosos a quien se lo ponía en la cabeza.

–¡Para mí serán sus poderes! –amenazó Don Quijote.

Cuando el barbero vio que aquel hombre se dirigía hacia él apuntándole con la lanza, se tiró del burro en marcha y dijo, mientras echaba a correr:

—¡Pies, para qué os quiero!

De ese día en adelante, Don Quijote llevó en la cabeza una palangana abollada, convencido de que era un casco mágico.

Para descansar de tanto ajetreo, caballero y escudero pasaron la noche en una posada. Mientras dormía en la bodega, llena de botas de vino, Don Quijote sufrió una pesadilla en la que clavaba su espada a un fornido gigante y vertía su sangre por toda la habitación.

—¡Toma! ¡Toma, gigante malvado! ¡Prueba el metal de mi espada! —gritaba sonámbulo blandiendo la espada a diestra y siniestra.

Al oír los gritos, Sancho Panza corrió en su auxilio, encontrándoselo en medio de un gran charco de vino tinto y media docena de botas despanzurradas.

—¡Mi señor! —dijo Sancho despertándolo de su pesadilla—, ¡mejor habría sido beberlo que derramarlo!

Al reemprender el camino se cruzaron con tres campesinas montadas en sendos asnos, y a Sancho se le ocurrió gastarle una broma a su amo: le haría creer que una de ellas era la doncella de la que estaba enamorado.

–¡Pero si son simples campesinas! –dijo Don Quijote con gran desilusión.

–¡No, mi señor, os equivocáis! ¡Es una bella doncella! ¡Es Dulcinea! –contestó engañoso Sancho Panza–, pero un mago malvado os ha hechizado, y en lugar de la más bella de las doncellas, veis a la más vulgar de las labriegas.

Tras conocer a su amada, Don Quijote no veía la hora de demostrarle lo valiente que era. Así que cuando poco después se encontraron con un carro que cargaba leones, el caballero pensó que era la oportunidad que esperaba.

–¡Soltad a la bestia! ¡Abrid la puerta de la jaula ahora mismo! ¡Verá este animal de lo que soy capaz con mi espada!

–¡Madre mía! ¿Estáis seguro, mi amo? Pero ¿no habéis visto qué garras y qué dientes tan largos tiene?

El leonero, obediente, le abrió la puerta al fiero león, que simplemente se levantó, bostezó, se desperezó y volvió a tumbarse en el suelo de la jaula, tan pancho.

Pero a Don Quijote le pareció que el majestuoso felino, poderoso y feroz, se había rendido a su valentía.

–¡Ni el rey de la selva puede conmigo! –gritaba el caballero con la espada en alto y la mar de contento.

Con el corazón lleno de alegría por su victoria sobre el rey de la selva, Don Quijote y Sancho prosiguieron su aventura, yendo a parar al palacio de un Duque. El Duque, al comprobar que Don Quijote tenía una imaginación desbordante, decidió invitarlo a quedarse unos días y ponerlo a prueba. Le propuso domar a un fabuloso caballo volador.

Entonces le vendaron los ojos y lo montaron encima de un caballo de madera con las tripas rellenas de petardos.

–Aunque sea para cabalgar a lomos de extraños potros de madera –murmuró Sancho–, ¡adonde vaya mi amo iré yo!

Los colgaron de unas cuerdas para hacerles creer que se elevaban por los aires...

–¡Arre, arre, caballo, vuela por los cielos como un pájaro! –gritaba entusiasmado Don Quijote montado en el jamelgo de pega.

... hasta que el maravilloso caballito volador explotó, provocando un estruendo de rayos y truenos más aterrador que la más poderosa de las tormentas tropicales.

Pero Don Quijote se sintió el más valiente de los caballeros andantes porque había conseguido domar a un fiero caballo salvaje.

El Duque quiso seguir con los engaños y propuso a Sancho ser gobernador de una tierra lejana, Barataria, que le daría muchas riquezas y un gran poder sobre sus súbditos.

Al llegar a la ínsula, cansado y hambriento de varios días, el médico de la corte siguió con la broma y le dijo a Sancho que estaba enfermo y que no podía comer.

–¡Quiero comer! ¡Aunque sea una sardinita pequeñita o una patatita enana! –suplicaba el escudero.

Ante él pasaban los mejores y más suculentos manjares: pollos rellenos, bueyes asados, dulces y pasteles exquisitos..., pero tenía que conformarse sólo con olerlos.

–¡Me muero de hambre! ¡Dadme un salchichón o un melocotón! –se lamentaba relamiéndose los bigotes.

Ante tanto sufrimiento, Sancho decidió renunciar a su cargo y volver con su amo, y de paso ver si podía comer aunque sólo fuese un choricito o un pedacito de pan.

Sancho deshizo el camino y volvió junto a su amo, Don Quijote. «Más vale un pedacito de pan en la mano, que diez perdices confitadas volando», pensó montado en su asno.

Una vez juntos, la nueva aventura no tardó en llegar: Don Quijote y Sancho Panza se encontraron con un grupo de bandoleros.

–¡La bolsa o la vida! –exclamó el más feo de los bandoleros desenvainando un cuchillo.

–¡No llevamos encima nada valioso, ni monedas de oro, ni joyas, ni dinero! –contestó Sancho asustadísimo.

Pero cuando ya estaban a punto de darles una paliza y dejarlos en paños menores, apareció el jefe de los maleantes y reconoció a Don Quijote. Como era un gran admirador de las imaginativas aventuras del caballero andante y de su escudero, decidió escoltarlos hasta las puertas de la ciudad, donde fueron recibidos con grandes muestras de alegría.

Disfrutando de la calurosa acogida que les habían brindado los ciudadanos a su llegada, Don Quijote y Sancho se fueron a pasear por la playa. Allí, un misterioso jinete llamado el Caballero de la Blanca Luna retó en duelo a Don Quijote, pues había oído hablar de sus numerosas proezas y quería medirse con él. El reto obligaba al perdedor a abandonar la vida de caballero andante.

–¡Desenvaina tu espada y lucha contra mí! –le gritó el misterioso jinete desde la lejanía.

–¡Ahora mismo vas a probar el acero de mis armas, insolente! –repuso nuestro héroe.

Don Quijote se lanzó contra él, pero tras el primer encontronazo fue a parar a la arena, quedando descalabrado.

El Caballero de la Blanca Luna, que era un amigo de Don Quijote disfrazado, no quería que el caballero andante sufriera más percances, por lo que le hizo prometer que abandonaría sus aventuras y que volvería a sus tierras manchegas.

Don Quijote, como auténtico caballero, aceptó la derrota y cumplió su promesa: abandonó las armas al pie de un árbol y decidió renunciar a su vida de aventuras.

Así que emprendió el camino de vuelta a casa, acompañado de su fiel escudero Sancho Panza.